Para mamá
— D. C.

A Claire Rose Reilly
y Logan Patrick McMurray
— B. L.

DUBI DUBI MUU

Spanish translation copyright © 2007 by Lectorum Publications, Inc.

Originally published in English under the title DOOBY DOOBY MOO

Text copyright © 2006 by Doreen Cronin

Illustrations copyright © 2006 by Betsy Lewin

Published by arrangement with Atheneum Books for Young Readers,
an imprint of Simon & Schuster Children's Publishing Division, New York.

For permission regarding this edition, write to Lectorum Publications, Inc.,
557 Broadway, New York, NY 10012.

THIS EDITION TO BE SOLD ONLY IN THE UNITED STATES OF AMERICA
AND DEPENDENCIES, PUERTO RICO, AND CANADA.

ISBN-13: 978-1-933032-33-7
ISBN-10: 1-933032-33-2
Printed in China
10 9 8 7 6 5 4 3 2 1

Library of Congress Cataloging-in-Publication Data is available.

DUBI DUBI MUU

Por
Doreen Cronin
y
Betsy Lewin

Traducido por Alberto Jiménez Rioja

LECTORUM
PUBLICATIONS INC.
a subsidiary of Scholastic Inc.
New York

El Granjero Brown vigila muy de cerca sus animales. Por las noches escucha desde fuera de la puerta del establo.

Dubi, dubi, muu...
    roncan las vacas.

Fa la, la, la baaaa...
    roncan las ovejas.

Guaca, guaca, cuac...
    ronca Pato.

Pato vigila muy de cerca
al Granjero Brown.

Todas las mañanas Pato toma prestado
el periódico. Un día, un anuncio llama
su atención:

¡¡¡CONCURSO DE TALENTOS!!!

¡¡ABIERTO A TODOS!!

DÓNDE: LA FERIA DEL CONDADO

CUÁNDO: EL SÁBADO

PRIMER PREMIO: ¡¡UNA CAMA ELÁSTICA!!*

SEGUNDO PREMIO: UNA CAJA DE TIZAS**

TERCER PREMIO: UNA PICADORA AUTOMÁTICA DE VERDURAS

*Algo usada. El patrocinador no la garantiza, expresa o implícitamente,
ni asume ninguna responsabilidad en el uso de la cama elástica.

**La cantidad dependerá de la disponibilidad.

En cuanto el Granjero Brown abre
el periódico se da cuenta de que los
animales traman algo.

El Granjero Brown los vigila de cerca todo el dí

Los vigila desde arriba.

Los vigila desde abajo.

Los vigila incluso cabeza abajo.

Por la noche, desde el exterior del establo, oye:

Dubi, dubi, muu...
Fa la, la, la baaaa...
Guaca, guaca, cuac...

Dentro del establo, las vacas ensayan "Brilla, brilla, estrellita".

Dubi, dubi, dubi muu muu.
Dubi muu, muu, muu, muu, muu.

Hay que ensayar más, observa Pato.

Las ovejas ensayan
"Allá en el rancho grande".

Fa la la baa ba baaa ba.

Fa la la ba baaaa ba.

**Pato hace que la repitan
con más sentimiento.**

Los cerdos bailan una danza dramática.

Guaca, guaca, cuac...

ronca Pato.

El Granjero Brown vigila muy de cerca los animales día tras día.

Los vigila desde la izquierda.

Los vigila desde la derecha.

Los vigila incluso disfrazado.

Fuera del establo, noche tras noche, oye:

Dubi, dubi, muu . . .

Fa la, la, la baaaa . . .

Guaca, guaca, cuac . . .

**Dentro del establo, noche tras noche,
los animales ensayan.**

Por fin llega la hora de ir a la feria del condado

Pato pasea
de un lado
para otro.

Los cerdos se peinan.

Las vacas beben té con limón.

¡SEGURO que traman algo!
piensa el Granjero Brown.

**El Granjero Brown
no quiere
dejarlos solos.**

Sube a todos los animales

al camión y los lleva a la feria.

Cuando llega oye:

Dubi, dubi, muu . . .

Fa la, la, la baaaa . . .

Guaca, guaca, cuac . . .

Estaciona el camión y se dirige
a la barbacoa.

Cuando el Granjero Brown se pierde
de vista, los animales se acercan al puesto
de inscripciones y se apuntan.*

Vacas
Ovejas
Cerdos

Las vacas cantan
"Brilla, brilla, estrellita".

Dubi, dubi, dubi muu muu.

Dubi muu, muu, muu, muu, muu.

Dos miembros del jurado quedan
muy impresionados.

Las ovejas cantan "Allá en el rancho grande".

a baa ba baaa

baaaa ba.

Tres miembros del jurado quedan
muy impresionados.

Llega el momento de la actuación de los cerdo
pero están profundamente dormidos.

Zoink, Zoink, Zoink, Zoink.

Todos los miembros del jurado están
muy disgustados.

Pato realmente quiere la cama elástica. Salta al escenario y canta "Nacido para ser salvaje".*

cuac, cuac, Cuuuaaaaac!

Los miembros del jurado se ponen de pie y le aplauden.

* Letra y música por Mars Bonfire

Cuando el Granjero Brown vuelve al camión oye:

Dubi, dubi, muu . . .
Fa la, la, la baaaa . . .
Guaca, guaca, cuac . . .

Los animales están exactamente donde los había dejado.

Esa noche el Granjero Brown escucha desde fuera de la puerta del establo.

¡Dubi, dubi, BOING!

¡Fa la, la, la BOING!

¡Guaca, guaca, BOING!